范伯子先生全集

范曾题

六

U0114993

范伯子詩集卷第十

通州范當世无錯

光緒二十一年乙未里居及江寧至二十二年丙申里居作

至延卿家拜母壽而爲之題客中所畫故鄉圖

一角明霞起暮天桃花紅雨爛相鮮由來風景隨人換不似離家慘淡年

我亦離茲十餘載艱難百變始重來門前似有參天樹不向天涯共劫灰

王母雖然鬢上霜勞人相對感年長驚心一海身如粟挪更漂搖八海旁

風雨收身此一廬來囘照影夜燈虛夢中說夢渾當覺鄉裏尋鄉計未疏

約定翻爲流淚言世間眞乏武林源從容一夕談何易莫更開圖戀此痕

和顧晴谷六十述懷詩八首

奄忽不知爲別久各天相望白年年憐渠入世將低首不謂長吟待聳肩對案自誇連理樹停觴終感上留田人情剗盡無哀樂那不欷歔謂汝賢

南山山翠滿衣沾難美當時有具兼醉解頻因如脫鞚間爭險韻類遺箝連天宿草今何世徧地臯蘭路已漸生死評量阿兄最贏人十倍取能廉

自我言從李相公短衾夜夜夢牛宮進無捷足爭時彥退有愚

心愧野翁涕淚乾坤焉置我窮愁君父正和戎時危復有忠奸
論俯仰寒蟬祗自同
風雨寒廳擁故氈回腸一夕與冰堅任甘溟涬無還日遂醱醩
醨有醉天窮海蛟螭徒脫網春風牛馬自盈阡心頭歷歷何能
說復有陳生感寓篇
吾土奚爲世所爭迂儒逃責一身輕汝南太守思曹掾蜀郡成
都見使旌誼士定悲言路啟英流誰惜大名成與君同是皐皐
者儻爲時艱喻此情
杜甫歸來詠北征妻兒懸態一時呈債錢萬里知心許買宅一
區殊眼明隨分蝦魚臨水得不材花木亂雲生閒來獨恨招攜
少曷不同歸海上城

爲政風流亦一時悠悠百歲我何持居然有婦如康子頗復驕
兒類袞師別後籍翩從所適生今代厲短於辭饑來其以哦詩
樂遏絕毋令後世知
誰能二頃割膏腴兄弟闔門絕世途但解楊雄有貞操何曾李
白炫長圖亂餘生計應難問靜者心神固又殊君把斯篇授萍
社看渠能著一塵無

滬上答張幹堂璵

海嶼雪深花盡落問君爾曷到來遲蛟龍豈但魚蝦伍鴻鵠今
爲燕雀知一技可憐窮未改萬方寧有道能隨樓臺結蜃傷心
地暫以浮生作合離

贈張香濤尚書

嶽嶽崇山旣見餘坐看風雪渺愁余千時賸有屠龍技乞命來分養鶴符道好終於閒處見談深徒益客中吁詩書未必眞無用淚眼乾坤只一儒

與柯遜庵兒別十二年再晤於江寧而有是作

琴臺一夢江湖涸鍾阜再來天地冰君旣生兒差其慰我除得婦略堪稱西無鳴烏飢誰哺南有老蛟寒待醫等是蹉跎行不得可憐攀望若飛騰

香濤尚書將移鎮湖廣而余從之乞近館再呈二詩

詔以尚書還治楚細民垂泣欲攀轅帝將雨澤無分土臣懼風波有閉門近海倘移杯水活極天終讓一山尊韓書三上吾能恥華髮淒其不可言

文章自昔爭微尚顏色於今試一看抑便驚心到譽毀可堪合眼露飢寒龍非碌碌諸公好鶴有飛飛八海寬正苦低回惜同命斷無長鋏向君彈余之來尚書實招之乃淡交旣接而毀言日聞故亦聊有所云以觀其俯仰

旅中無聊流觀昔人詩至於千首有感於黃公度之人之詩而遽成兩律以相贈陳伯嚴贈公度詩有千年治亂餘今日四海蒼茫到異人之句余故感於是而發端也

誰謂君爲異人者我觀君道得毋同詩言起訖一生事眼有東西萬國風燕處危巢豈有命龍遊涸澤竟無功便偕鄒子論三樂也讓行歌帶索翁

愁來徧攬前人句讀至遺山興亦闊容有數聲入淸聽何曾一氣作殊觀乾坤落落見君好冰雪沈沈相對寒賸恨楊雲猶賤

在不虞千世少人看

題其後曰詩意若曰公度之人處於今世則不能異人而公度之詩傳之後世則誠異耳然此二詩乃不能絕佳故知贈送之作必若李白所謂揄揚九重萬乘主謔浪赤墀青瑣賢方足以盡其磊落之概至以同道相贈答雖杜公懷李諸作亦殊乏奇觀何者其氣平而其志莫由深隱也公度以爲何如

戲爲劉錫彤題其居停王欣父夫人畫蘭以調欣父

天壤王郎富貴遲重逢鍾阜鬢如絲惟餘韻事鷗波舫手寫芳蘭有萬枝

由來諸子是蘭芽筆下英英盡著花亦有文房善培養只除老

鳳不須誇

脩羊瑟縮知無幾嬴得生綃貺異珍莫笑范丹輕點綴異時加值一千緡

余以歲暮庽金陵無聊而爲劉園九老圖作序序成而感不絕益次其詩

不道吟懷逐日殊迂生亦自恨爲儒何曾肝膽非人世徑欲鬚眉入此圖蘇季名聲爲用大馬卿車服爲誰都但看諸老能轟醉賤子猶堪一一扶

由來欲語竟無儔莫問淸流更濁流迷眼黃塵能百丈誤人靑史已千秋存亡大事直如此飢飽餘生徧可遊野有桃符知換歲山農聊作太平謳

贈王賓基嵩基兩生

我之徒曰李剛已頗揖梅曾拜韓李我有兩子罕最佳氾濫周秦漢諸子亦若我壻陳師曾丱角聲名挂人齒茲皆足以娛吾年老死蓬蒿弗恨矣何哉訪舊來汝門見汝兄弟竟如此詩有不煩繩削成胸襟所懷益奇詭莫我歲晚窮途間昊天哀憐用相侈百夫之特千人英看我從頭下鞭箠汝賓生是穠華才屈宋班張惟汝使弗於郡國擅風流要向明堂歌喜起汝嵩得氣滋益多已有清言發如水此宜拓地成河江眼底一泓烏足喜噫乎得師良獨難古有高才化爲俚我之得汝魚水論汝亦應將風虎比記取人間又一時不信吾門僅三士

夢中得一絕

洋洋荻浦鷗翻入漠漠平林鴉暗棲惟有高高夜來月照他獨鶴一聲啼

讀曾文正道光乙未歲莫雜感詩慨然畢次其韻十首

作者天人去不還世間餘我小偷閒懷風黯黯靑燈字負雪嵬嵬白下山貧賤幾何身亦老文章無用昊相關涼涼後死君知否六十年光指顧間

營營百族自爲家亦有瑰文各自華時晚偷爲一切計雪深誰是萬年花人情見好惟朱紱物態籠詩有碧紗行矣歸休無一可寒溪聊把凍魚叉

六朝煙水餘蘭槳九度霜風困棘闈直自科名拚永棄於今歲莫轉忘歸龍來涸澤魚應笑鳳去荒臺烏自飛勞苦諸生頻戢

洒噫嗟吾道尚傳衣
上爲雲漢駟虬征下向滄溟掣巨鯨往矣平生眞自可悲哉寸步莫能行縞廬寒雪一相弔號竅陰風百不平最恐娛懽有同盡隔年春不到寰瀛

吾友眞能蹈大常一生袖手弗奔忙皇天獨把斯人厄比歲連將諸弟殤未免親朋來勸駕誰能傀儡再登場人間笑罵今逾我忍盡寒饑道不光

遷史由來竟謬悠諸公直筆紹春秋是非各以麟千載今古原如貉一邱掉尾長鯨歸上國垂頭大鳥集神州閉門忍死誰能免徧地荆榛何處遊

吾儂萬事總蹉跎忍更聊浪學放歌正苦夢深求醒未可憐歲晏得閒多願爲馬走顏滋戚柔若騶虞齒竟磨海上鰥生細鱗耳倘將茲憤白龍鼉（案白活字本誤作向吳鈔據手稿校正今從之）

客嘗豈免食無魚諛頌偷私百不如暮夜卻金寧足道亭衢懷寶未云疏和親自古爲中策封禪誰知是謗書磊磊一腔男子事祇留自賞弗關渠（案嘗活字本誤作堂吳鈔據手稿校正今從之）

剪燭重吟太傅詩雖然少作耐人思有生不與此公値竟死毋爲流輩知北海豈煩涉南海西施何以學東施從今篋得天山遯淸濁茫茫付兩儀

柯蔡當年誓爲好王黃二子結交纔焉知盡識患心否且喜眞能笑口開不覺歲除爲此別未緣饑死會重來嘵嘵復有一言贈何處人間無雉媒

劉園五老招飲於李蔭唐齋中饌極精即席賦謝

一范窮愁正無奈天邊五老忽飛來百年人物無囂氣八簋調停有俊才渴口逢羹湯沃雪空腸得酒水鳴雷勢交利接黃塵滿拜德尊交此一回

有所憤歎再次曾文正後歲暮雜感五首

到眼不可耐君猶何事忙戎夷交狎侮婦稚亦猖狂世有臣忠厲而將國難忘文思誰作俑吾欲問陶唐

重門洞豁豁廣路一條條歌哭餘三戶英靈赫四朝泰山頹莫仰衡嶽氣應消開府今之傑將何答舜堯

四載熱邊過死灰終不溫窮飢爲有道禍福固知門執國無中立憂讒遂負恩誰知九州錯鑄就一寒暄

全海不得有能爭彼一隅古之俠烈士不在康莊衢大木從根起好花須葉扶君知才竭否墮地盡爲儒

淚有不濟處發聲仍一歌哀絃原可聽雄劍未須磨人弱將天困醫多奈病何吾知百無用徑合死巖阿

次韻王欣父三郎賓基

乃父千愁興不闌更能爲我薦春盤蒓羹鬱鬱撐腸入蘭玉森森滿眼看大德固當爲左券危時何處不南冠與人無患世無競羅雀門庭來杜韓

吾觀叔也爲雄句破險椎幽各造端曾是小松二三尺俄如修竹萬千竿時無他助借山石聖有微言觀水瀾徒博王生老人喜勿愁范叔故人寒

欣父席上戲述

違心不是陳兄肉，可口眞如宋嫂魚。怪底王陽能駭俗，厨人亦自鬥贏輸。

余辭金陵從新修馬路出城口占一首示王生

廣路悠悠八尺强，沿緣夾道盡修篁。名都十里埃塵靜，開府一年心力長。瓦礫知隨陶甓去，輪蹄紛及孔輿忙。問津且喜無煩爾，免被耕夫笑一塲。

下關遲畨船再作

嵯峨兩鬢雪山白，飄泊一身江水寒。送别門生悲杖屨，迎談津吏式衣冠。腐儒拙分能相告，亂世浮名不自安。且喜茲遊未云滯，早歸負米博親懽。

李草堂丈來餽海鮮索去年詩扇遂書二詩幷録近作

海鮮入朝饌，詩老乍停舟。奚以隔年負，而忘暇日謳。謀生有飢飽，學道與湛浮。贏得心聲在，能闢作者不。

淑氣天所與，承之老不衰。興隨春水發，思與暮雲遲。瀕海孤居在，橫流一杖支。斧講吾極樂，來與老親宜。

與内子登狼山遊讌極樂内子先有詩而余次其韻

世態更改年復年，山色向人無變遷。所以古之倦遊者，往往歸結靑山緣。嗟我蓬飄二十載，今來共爾東南天。越從戊子作重九，十年不履茲山巔。春初與人觀野燒，賓從雜遝如流川。此間豈容爾我迹，輾轉期待秧分田。山空人静雜花發，攀登一覽心懽然。平時未知缺幾許，及此方覺吾猶全。身之得閒賤亦好，飢

飽在後何須錢惟以佳人古難得同時郭李云如仙白頭相守
亦相喻此樂未被旁人先三千大千泡影置當時如來豈不賢
四十年間阨窮漢惜無此趣能少延如今與爾其生滅在家何
取忘家禪一日看山未云少百方清興來連連浮雲已向空中
失落日猶在天邊懸臨門一照長江水人與山容皆静娟

是日也丙子先歸余留與山僧海月爲連夕之談益不宿

茲山者十七年矣海月多詢世間事余乃疊前韻示之

以詩

山中一去知幾年深谷大陵坐而遷問人不與興廢事歌場舞
地稍沿緣傷心俯仰不可說萬事人孽奚由天星火能成燎原
勢寸木可置岑樓巔精衞銜深碧海底杜鵑啼徹東西川嗟我
於人在誰數身所得保惟硯田妄論是非益可笑就徵聞見心
赧然惟有舊吾向妻子征車一拂寒饑全此誠固然何足道邪
辨人謂公多錢人間肺腑各殊狀壞若奇鬼嬙若仙或爲鼠目
寸無見或復智出靈龜先兮汝何心亦有問周知世事烏爲賢
東山涼月向西嶺君宜火速清樽延天崩地塌細故耳徑可了
御無須禪當時黄泥隱吾蹟三月五月懽相連馬王故人盡偃
息吾若虛幌茲猶懸可憐對面成老醜感歎臨風懷麗娟

延卿讀吾夫婦山中詩而有贈次答并泥其行

忽憶年時結交早我自童孩君亦小低首風塵三十年歸來拂
面猶姣好條支弱水事荒唐員嶠方壺亦虛渺惟有沈沈對榻
心時夜無言入幽妙邪弗撐持譽毁間祇能不使憂來悄人生

墮地饑爲患攫食紛紛用牙爪固知一飽懼無餘剩欲飛騰詎難了我自哀吟鳳德衰翦翮送籠願看鳥涕泣低回未死身譬已先秋望春杳蓋地繁花旣作泥一命輕微亦如草好人好山天與之展玩斯須殆爲寶君來況肯和我歌百壺吾欲爲君倒更待山中十日遊出門還家各自擾與君形影暫莫分且待梁間燕雛老

僕婦彭氏余夙聞其傭力事舅姑茲其來青言頗罄餘貲爲父母營葬而乞余詩以道其勤苦云

匹婦誰能侮民彝亦在茲艱難完爾分辛苦望吾詩遼海爲家日荒江別主時向來原可念矧以善來貽

奉和外舅都門寄詩用辭某某君之聘兼述近況寄懷昔日天津諸公

月至中秋夜當午遠望長吟思益苦折翮分飛路幾千素心寥落八三五竟無書來事可知各自低頭拜傖父丈人一官尤可憐譬彼枯苗望時雨醉後猶吟索米詩夢中莫聽回帆鼓昔日同羈東海頭曾於高阜懸清眸朱門水閣炎炎夏客館疏簾脈脈秋但道愁人設心早當機一發事如流安危不知燕巢幕饑飽無用鷹在韝吾徒默默有去耳豈曰四海無人投逡巡再至風塵下北海南海竟風馬劉表依然享盛名葛亮何能擅奇雅淹淹故徑被皋蘭寂寂芳洲懷杜若已知辨俗各聾韶更弗將蟲語冰夏端居窈窕誰爲容秋山突兀撐晴空夫婦吟攜薜荔徑父子答和蒿萊宫息心已類籠中鳥舉目忽覩天邊鴻辭親

浙西徐氏校刻

弗復能千里負我誰當以萬鍾寄語宣南念我者揭來貧病味加濃果然啜菽能爲子且復含飴學作翁

疊韻速内子和章

人生所遭有舛午正足吟詩相勞苦不見而翁飢困餘唱到城南天尺五馬卿畢竟未空居葛生且嘗吟梁父昔之達者今人英各有低同在風雨事雖未易一二言氣亦何妨再三鼓我欲直登天上頭攀天下視徒昏眸五雲煇滅海色暗一樹飄零天下秋試想賢愚定何物只今涇渭已同流鶴有乘軒坐糜俸鷹有調馴不去韝燕雀紛紛噪餘粒老鳳茫茫何處投我欲低心隴畝下譬以耕犁屬之馬手足終難任苦辛草茅亦但資風雅逝將入道昧眞玄卽欲逃禪無般若祇爲儒冠誤此身俯仰依

浙西徐氏校刻

人閱冬夏朝來默默窺天容寒氣肅殺凝高空初筵已賡履霜操微陽未入黃鍾宮江湖莽蕩百物醜翩然照水無驚鴻問君胡爲不自嘗冒此靈秀天所鍾觴有薄醪可以酌池有蓄墨方酣濃天南地北愁無限火速成詩慰兩翁

晚過延卿寓廬見其日間所爲雜詩感誦再三援筆和之

不道年年哭笑同相逢更不論窮通逆天作計吾何惜萬古無如江水東

卽將來日付蒼茫轉是安心第一方山鬼有靈知慕子水仙無位亦稱王

楚南石多纔少人祇今頑石獨吾身空庭夜氣涼如水偃仰滂沱有鬼神

俊遊奚事馬蹄驕亦弗湘波訪二姚眼底欲成悲壯事相攜同
看海門潮

喜叔節來而讀其詩益有感於時也贈之一首

江回海合夜臨城月落烏啼夢乍驚喜以西風成興會恰看東
日與光明沈疴往復歡能解舊學商量淚轉傾不必有文如庾
信已知蕭瑟送平生

賀李草堂丈七十自壽即用書懷

問君何術得遐齡長向樽前醉不醒世事已隨流水濟筆情遥
與海天青流傳不必邀聲譽雕琢何曾礙性靈今日哦詩在蕭
寺天邊應有伍喬星

人間擾擾此何時宛馬西來萬諜馳奪爾詩書寧不餒顧茲吟

弄得非癡儀秦有約終須敗管葛無才我自知浮海入江無不
可南山片石是吾師

刻意爲文亦損眞空持蠹簡不能神無端頓失平生技念我何
爲今世人感激應成臨路歎迷離終作別家春宵來一夢侵寒
怕冰雪樓臺卻絕塵

安得豨韝侍几筵醉留親客話窮年故家喬木皆何在寒月梅
花不似前白髮最能齊得喪黃塵終不別愚賢閉門曲盡人間
樂一物能慈信有天

范伯子詩集卷第十

范伯子詩集卷第十一

通州范當世无錯

光緒二十三年丁酉里居至二十四年戊戌廣東作

苦雨不寐太息作示內

夜雨連綿復侵曉予懷落寞更憐卿年饑豈少一盂飯心死誰爭萬口名正以海渾魚欲逝顧玆花落鳥難鳴人情各有銷魂處吾獨誰爲遣此生

次答延卿莫春見懷之作

臥想前人底用書沿緣眞到禍來初彌天事業君無望似水情懷我不如風馬談心猶可及雲龍喪氣欲何噓今來略解注荒趣悔不身爲竭澤漁

鄉閭排日作餘春喜笑悲憐未失眞不信埋藏能即死由來昏憊亦通神米鹽瘁矣鸞儔老城郭非歟燕壘新撫惜流光豈勝歎酒餘糟粕是吾倫

泰州官廨乃十八年前親見程悅甫刺史創造落成者今以陸筆城刺史之招而復來此撫今追昔愴然成詩

程鄭當時費萬金再來桐樹已成陰百年聚散堪僂指一士升沈尚痛心（謂袁衙）已矣少年垂老盡依然淮水到江深陸侯情重今如許聊以高齋續舊吟

題故友文石泉花石畫幀與延卿同作

昔在湘南得此人攜歸石室伴吟身摩挲未解飢寒累獨使東來畫有神

吾去天涯能幾歲君於吾里變新陳祇今便覓錢難買一石一
花都可珍
顧子蒼然非好事當時亦獨此人親人間意味知何物不必蚩
蚩問夙因
愁裏生涯原是幻醉餘感歎亦非真何妨更以吟兼畫併作千
秋紙上塵

項晴軒以所藏先勛卿公手書卷子及舊刻顏書裴將軍
詩命其子本源來學將以爲贄賦謝一篇

項君好古羅奇珍異字名迹芳紛綸項君有子亦瑰寶遂與顏
閔爭爲人弖盜未知其子奚亦欲使之來問津聞吾斯言倒相
屬惟恐此諾非純眞有起東林尺二卷乃我先德明孤臣亦有
顏書四體字世間舊搨無其倫此皆君所自怡悅與人論値能
千緡壹使其兒贄諸我制捨重器如微塵所云非望得之易邪
無忌妒招人神且喜郎君埶亦好前日所見苗懷新成之非獨
損君寵亦使吾老愁當仁以此較然信可及永保君貺無沈淪
振衣遂拜百年賜作詩一締平生因

次韻外舅竹山君南漳寄懷之作

貧深絕計慮病久無胸期有生各自保亦復何傷離偃仰庭蒿
問覺夢皆遲遲昔遊之所得既見吾生微東方答客難譬彼鷃
令飛官卑問遺行此語今亦稀杜甫有拙性自比傾陽葵葵心
若無改汝甫將安歸廢然把詩卷拂拭辭書幃何哉竹山老復
作吟相依

竹山我婦翁作詩念其壻哀哀上堵吟賡倡以百計欲語兄弟行留心記篇第雖無偶語禁懼有連殃際凡今章縫人一一可悼逝而我亦何爲追涼趁宵覊都門弟有書覓言釋離袂苟竊科名聞且以永今歲來日誰知之毋勞遠心繫

東郊夜行

東郊夜行路一水阻前津擊柝是何處吠尨遥與親繁星開笑口獨樹儼吟身同遠亦何礙毋勞問睡人

輓徐芙雙

城郭諸徐零落盡相逢藹藹獨斯人曾無急行令吾黨素有閒情樂我親半菽從來知冷暖一炊俄已變新陳臨歧恨抱經時病試數殘更淚滿巾余方臥病君從吾大人嬉至二更疾作命僕送之四更反而君逝矣

少小聞君友悌聲幾年遊讌共君昆閒時備識怡怡態別後同談鬱鬱情八口長饑無療術百年短夢有歸程驚心一夕鴒原痛兄弟眞當五畝耕

故人子弟豈無才死即蕭然盡可哀惟有徐卿兩郎在能堪范式一頭回羣公各以艱危起百福都從孝義來聞善有基應破涕從今門巷不蒿萊

將之廣東與州牧汪君及季直宴集水心亭用得諦觀汪君之雅意并有慨於席間所談賦贈三首

莫怪鄉賢人不識茲樓吾亦澹忘之行行復有幾千里戀戀纔能一二時草樹盡含良牧意風煙長繫旅人思異時潭水縈歸夢應拂沿隄柳萬枝

一樹頹然臨水折自公培壅復欣欣固知凡物有生理安得盡
人如使君叔末年光更無賴腐儒拙分益何云殷勤欲問天南
使星火來徵詎有聞
海船朝停午市譁紛然時局已如流君猶欲穩中流舵我乃愁
無下澤車舉足便應身似梗當筵猶言耦能花行吟坐嘯皆無
賴且把無涯作有涯
余以許仙屏中丞促赴廣東至則渠以裁官去矣初宴賦
贈二首
雲來會與龍爲戲天外橫風吹斷之豈有厄窮如賤子更能好
會在今時還家笑樂千山待爲客倉皇四海知一展平生吾已
幸不妨覲拜話將離

生晚十年吾已矣居常默默問湘源雲龍鳥後無奇紀風馬牛
間有舊恩翕合文章真欲涕迷離家國更何言天南忍死須臾
住隔嶺相看道履存
七月三十日疊韻書懷
今日普天還舊政先生所挾亦何之平生爲口無多望逆旅驚
心又一時人去誰憐屋烏好詩成愁有蟄龍知無言百怪生南
海赤縣神州徧陸離
大地橫飛千尺水誰能一一問根源山川老矣還多事天地茫
然欲少恩容易豈能除漢過等閑何至託堯言若非硯墨猶相
活刮絕吾文更不存
讀裴伯謙兄詩卒業題句

伯謙爲詩故不伐閒心偶遇春華發泊乎憂患走滄溟亦有雄文在飄忽嶺南六年君始奇吏才每共詩才竭骨底寒深氣益高積水一輪秋後月

爲莊秉瀚題其外祖張仲遠先生道光戊戌海客琴樽圖因有感於時事即以砭莊生之狂

秋盡寒生日月邊對鷗誰免百憂煎御從畫裏論儔侶正得壺中有地天信使莫先箕子國文儒各以鄭君傳琴樽諒在羲皇上可但區區六十年

莊生識古便能狂及我流連大父行才士本爲時貴賤負心忽與世低昂臥聞燕市前宵雪坐覺羊城八月霜爲愛遷書語楊幼人間無地著哀傷

九日登白雲山最高處弔燕市諸人

千里百里風淒迷自成俗祇有飄飛萬里身走入衆中無縛束一歲兩歲間沿緣遞歌哭祇有埋藏百歲人每日看山猶不足我行亦何意忽在天南頭登高作重九遂入番山幽四山丹堊盡邱隴壯者或是公與侯能仁一寺在山罅門前豁見江天秋田疇蓊然稻三熟甿戶飽煖眞無愁何哉粵人好作亂輒出擾我東南州人之有才不自已仍視風俗爲剛柔尋常聖與盜截然如異才藉令易置之何必如是哉水土浸淫耳目染敢作狂欺蹈深險風之所至衆趨之飛蛾歷歷投凶燄嗟哉誰是奸人雄豈有大略煩諸公眼前寂寞不可耐使我哀吟空如中

更爲秉瀚題仲遠先生比屋連吟圖依梅伯言同風二韻

作四絕呈其尊父心嘉司馬

學子論文各殊異庭堂至味總齊同平生最有池塘興衹覺神傷柳絮風

說到詩書金玉賤讀書那弗一家同吾家娣姒皆華萼不獨怡怡鍾郝風

吾婦能爲擘窠字規橅若與婉紃同昨來叔重評詩句言有采蘋王氏風婉紃仲遠姊適孫者其書頗爲賈人居奇采蘋仲遠甥也許仙翁刻其集

桐城派與陽湖派未見姚張有異同我與心嘉成一笑各從婦氏數門風

留別伯謙仲若二十四韻

別離長情愫疏濟益交道所以此番來有逾向日好堂上天人

姿惟我識淵抱至足猶自強造物不能老吾兄昔嬾吟與我其郊島勢驅來官中志動立起槁沈沈百寮底昂頭有蒼昊倦極一相娛窺魚驟依藻令弟非世人天性日浩浩愛兄並憐我晝夜問寒燠我崇堂上心與以學相保詩書百年物終爲弗論早我弟新入官此獨憂心擣仕學兩茫然舊德慮難葆黃河青岱問行迹復草草想見兩老人愁添鬢邊皓嶺表繫花時江南雪已縞寒衣且寄渠誰能問粱稻感此迫欲歸所業須後討無爲惜暫分來旋速於駃人間孰愛憎緣意作喜惱意輕泥沙如意重卽瑰寶世事雖忽焉至情未顚倒豈其閱茲懽而今迹如掃

盛季瑩招飲贈詩且有相從爲古文之語次答二首

海闊山遙有萬程何緣殊俗得同行故知覿面能尋味不必將

心與締盟僕僕經過幾行省姝姝還是一先生微吟得自市聲裏寧用幽豁懷釣耕

驛路梅花發幾程離亭張宴酒初行逍遙鵬翮吾知反浩蕩鷗心汝可盟謀稻終成無奈計爲新亦是有涯生居今獨膏身猶賤誰耆能從卽耦耕

觀伯謙斷獄退而飲酒方知是日爲其生日也詩以祝之

萬衆喧喧堂廡間一人靜者氣逾閒何曾快意施醲化但有傷心爲梗頑四海祇今膏血盡百年容易鬢毛斑傾盃祝汝詩千首臨老分吾江上山

從方子順手中讀李燕伯索和之二絕因知其爲人走筆和之

擾擾紅塵有萬心門闌界絕不相侵何緣一照明河水同入人間芳樹林

秋風悵眺越王臺求友哀鳴識子纔聞道欽州賢刺史剛從雲海洗心來

題如皋縣尉王復初手寫一生辛苦臥秋風圖意

亂世爲官不救貧丞哉不用況沈淪陵雲賦筆銷難盡猶有湖州鈍道人

苦辛寧用悼耕牛歎鳳嗟麟死亦休飽飯南岡沈慟語君看滿地稻粱愁健庵題有識字耕田無一可最難飽飯臥南岡二語故和之

風波

風波纔有幾四顧已無人獨以聊浪意當茲與海親坐須長夜

旦行數舊年春貧賤吾眞可逢危鬥健身

范伯子詩集卷第十一

浙西徐氏校刻

范伯子詩集卷第十二

通州范當世无錯

光緒二十五年已亥八月至廣東不果留滯上海作

屬師曾圖耕陽阡於扇頭泣志數語

嗚呼父兒今上路誰與守父墓圖墓門肯虛墓墓亦有窮時哀來亦有任人間逢權場毋然棄此而不顧

爲徐積餘題王淵雅夫婦所書前後赤壁賦卷子內人同作

文章應時出橅擬毀天眞暢班踵相襲獨嘯知無人河洲化遠矣弇鄙傷人倫雄聲有孤唱孰則鳴相親諒哉天地間生才良苦辛一者尙難遇駢羅寧不珍徐君授斯卷文采何璘斌眉山之所作乘時若鳳麟前無百古範後者開無垠爲之殆於化解此亦天民王生好夫婦妙墨對紛綸當時寫且讀意味何津津惜哉我與姚對此皆成陳空辭本無用況以闌幃身乾嘉盛文藻楞伽故樂貧如以一雙蝶而遊草木春時乎地天凍萬物皆沈淪誰於晦冥夜猶見鸞鸞振境盡亦須拓意平無待伸風聲與月色造物終能仁曷不共茲賦同爲後世塵

孫松泉先生吾幼所師也愛惜廉隅不與人世通者數十年會余將至廣東投四詩問訊感而和之

擾擾紅塵有萬家一儒涛絕已無加誰從灼石流金地更把先生冷面誇

門外滄桑一世中鄰家歌哭迭爲雄勞人自古頭先白造物原

來非不公
慮淡心閒日似年祇餘名節自矜憐冥靈便好論千壽一任㦬
和快著鞭
客久揚舲狎海波不勞瀕發問如何遄歸𣑥話他鄉事應比吾
鄉感更多

與顧耆蕃同學在三十年前比復與之流連數日得先世
遺墨訓之以詩

秋風埽地盡物色瀋中遺及爾重權夜能忘乍見時淹留一世
定生滅萬緣奇至竟成何味蒼然念我師
世業還相寶捜羅故紙叢綿延一詩在契好萬年同未必吾身
後懸之子目中且須勤把盞珍惜月如弓

先君既葬出謝客徐積餘太守爲余兄弟籌生事甚摯及
秋余病未出門積餘太守復來視適見舍弟與同遊舊
作在扇頭者哀來感集依韻成詩

陽春只當凛秋過冉冉秋來更奈何眼有歡羣皆涕淚身無酒
德亦傀俄貧知日月銷精易病覺江湖隔路多今日孤兒嘗此
味傷心寧忍付流波
頽然老醜孰爲妍惜類憐才有大賢隔代聲香在邱索應時文
藻滿山川訂交河洛傳書日借餉燕雲括幣年顧我恨多愁轉
少勿將生事溷籌邊

輓江䜭樵

不共論文已卅年當時談讌最流連分明玉雪成黄土何況江

淹老在前

苫塊餘生百不驚聊因君死觸生平一窗硯墨終餘味何處天涯求友聲

與沈愛滄兄念其女壻林暾谷而有去年今日之歎愛滄亦泫然誦此二十八字以同余悲遂贈一首

問我詩懷已淚零去年今日更堪聽陸沈風雨桃花面小照乾坤腐草螢百不相謀成沆瀣萬無可說況零丁侯官太保遺風在聊與蒼茫泣素馨

余至上海晤敬如適亦遭兄喪泫然相弔不遑問他事徒見其索債者盈門爲解紛而已已而流連至重九稍復感時論事謀遣兩家子同就西塾登高遣哀作詩相慰

喻余次其韻

從古騷人易感秋那知今日更無愁雲霞幻此無邊壑天地翻如不繫舟花鳥嫣然吾老矣稻魚足否子歸休餘生莫奈懷忠孝奴虜公侯不可求

竟作詩人已可哀催租例與興俱來壺中日月千年祚雲裏金銀萬丈臺灑血且完前死事搏心更拓後生才同懷爾我今無讓投老齏鹽亦壯哉

余居欣父署中其三郎賓基臥病一秉庵未之見也而次余狼山讌遊詩以陳情且要余和賓之外舅秦君煙鉏先生與余別十年鬢髮白矣亦以扇索詩遂作一篇且以砭賓基出世之語

王生老人產六男奇局倍於乾坤三清奇濃潛無不有都與范叔論青藍范叔平生無不與就中獨數賓也貪公然欲以長句勝負吾懈散來雄酣吾時淚乾不能哭懇語相弔非所堪所以雲煙過骨肉嬾復就汝城東庵汝問吾來病欲起望吾詩冊心焉耽豈知吾道在今日黼家黻國言之慙語汝英髦糞土置汝有息壤鍾山南不然祟爲最初義卻向心地眞濡涵如斂海波作鹽酪流入百味成芳甘天下洶洶死喪至眞宜戰鬬無空談少年肯聽老人語見若鹹苦耐咀含與汝婦翁十年別兩鬢霜雪何鬖鬖揖我謂我必有贈肺腑所出玆能諳王生老人限驥足猶望駿子飛雲驂千里百里各自置深語連夕窮幽覃人間那容出世事疑此諸老非狂憨重陽菊花與三笑毋以一粟禪同參

敬如席上和方小汀孝廉

出門日有構對面皆各天蜉蝣自楚楚鴛鸞自翩翩觀其大小異中皆不自堅朝菌與夏蟲烏能超氣先牛眠隴底草嬾散不容鞭所食至微約頗視羣兒賢天方縱淫暴此道亦遷遷朝來擁青卧客夢驚寒氈登高送佳節蒼茫覽風煙樂事不可道憂來無窮邊附郭訪蘇季家無二頃田結交乃奇絕一老情綿綿不俟問訊能遂成水乳緣所惜爲時晚枉用歡連連天邊落日去光景無人傳

次韻王義門景沂見贈之作

江湖是何風漂流滿蓬梗豈無迴瀾才使汝不得逞寒星夜相

子充醇醪猶將瑞圖意爲我三啼號文章寸心物得失本秋毫但俾拯人死毋爲說士豪

感事依夔滄所用丁字韻

不用文章付六丁著書無地不飄零殘花急雨重衾到破葉驚風故紙聽新語未能妨美睡舊儔何意惜微聲茫洋黑海天難問閃爍還爲自照螢

義門忽然去揚州而攜余稿於江上誦之且題一詩以相寄疊丁字韻奉答因述所聞

談笑朝朝有白丁王郎蹤蹟忽飄零海天帆影紛難下江介詩聲朗可聽知否雁來傳警響毋徒廝死戀餘馨揚州廢苑秋何似獨數隋家有腐螢

苦雨牢愁和方小汀述事

亂世爲儒詎可安更將眞態與人看屑焦舌敝無來日意懶心灰有此懽豎子毋爲縱饕餮馮生大抵悟邯鄲若將淚與秋霖注后土何時更得乾

湖南黃曉秋戶部以詩相見意氣甚豪宕也余感時而惜其才郎席奉詒

哀今宇縣失人豪把酒論文氣不高入世忽如觀露電擁花危與坐風濤人情未必忘諸相天意何因篤若曹眞有一夫能敵萬華鐙綺席夜橫刀

題季直所繪四圖

鶴芝變相

氣至誰能外將迎有苦心摩天惜高翮拔地礙重陰骨朵猶能壽埃塵迴不侵蓍龜爾同類欲變尙沈吟

桂杏空心

居士無全力春秋不汝培從來大木死只在寸心灰好日乘天逝嚴風動地來猶虞歲寒友難復共深盃

水草藏毒

昔我行天下都謀城郭居寧知爲世患不必與人疏物遝應難滅行危更易狙何當萬馬踐昭曠俾無餘

幼小垂涎

得餅朝朝樂爭梨處處啼如何令幼穉貪不羨糖餳嗜至天猶聽機深業盡迷未妨傾汝實一笑看排擠

丁字韻作者數十搜索盡矣林菽原復來徵和强試成吟居然哀惻所謂詩鐘派也

向來花事付園丁曾未看花雨旣零秦壁并無天可問空絃猶有客能聽生愁雲杳身無類剩恨霜悽德不馨萬事已同秋扇棄暴風還復打流螢

題査皃師先德畫梅

珍藏遺墨老皃師雪海寒香意格奇閱道咸同至今日能逃劫火更增詩

烟海茫茫一家著平生所贋又毫芒吟成冰雪誠何用歎絕當時范履霜

讀愛滄濤園詩集

豁然擎幞對披眞修竹天寒絕代人但把庸言參本味萬年不到語成陳

濤園亦有蛟龍氣積水翻無跋浪痕要語冀州重筆削不將畫紫論濤園（摯父先生見贈有並時馳騁者閻位畫與紫二語）

記濤園詩後兼喜晤令姪丹曾

東坡豈非出頭者南軒別是跨竈兒何爲有此兩瑰絕還付人間百不知醇酒婦人死無爾肥魚大蛤生啗之衆中難覓封侯相得見公孫又一奇

愛滄從余索糖食攜之往談詩竟忘卻又攜反也加一詩送之

袖挈糖餅反渾忘一餉嬉好朋是兄弟此老本嬰兒慘慘風雲

錯悠悠天地隨邱軻如可蹈宴樂復何疑

有感疊前韻示愛滄

謂解淫荒趣番番與子嬉終留寒乞相笑殺風塵兒苦樂一心置低昂萬事隨眼前樓上下論定不須疑

敬如索代贈

萬紫千紅競及春嬌啼浪笑太無因看渠一點悽皇淚百尺樓頭九鼎人

英雄畢竟數陳湯婉孌猶當是李香宴樂已非流俗事不論眞感更茫茫

題季直荷鋤圖

畫中眉眼吾能識共是長鑱託命人絜語皋夔三十載一燈今

夜話悲辛

有生畢竟兩餐足識字橫教千慮侵連隴蒼煙耕不得可憐還作荷鋤吟

同何眉孫張季直夜登狼山宿海月處

江海既會聲喧豗雙流競地生民災狼山如闕當江開能喝海若驚濤回引江入田灌萬頃此德萬古常崔嵬何哉六籍功不紀詩碑訪碣無詩材乃知地亦以人重老蚌千年珠未胎可笑子瞻宦遊懶遠送不越金焦來子之發源我收蓄邈閱四姓重追陪何君弗謂惠泉好持吾茗盞銜吾盃毋言臨江獨私有從古據地爭雄魁張君吾以海東讓千歲斥鹵茲能培一日和甘盡作稼亦能稍釋胸中哀丈夫弗假風雲助遂以白地明天才吾皇釋政後一歲己亥冬至狼山隈有吾三人夜秉燭走訪衲友尋初梅會以茲山萬萬古勿與五嶽爲陪臺

贈何眉孫

子昔避亂家吾州日對狼山不一遊我友十九皆子儔偶一見子終未投平生頗作兩端語朋友山水吾兼收得之便欲性命以濟處亦若烟雲浮凡百訢合固有命舉步遲速非人謀一日歡然未云短百歲共處寧爲修名聲相聞義有死言語或失恩成讎以此充然樂今日與子笑浪南山頭青山果然耐霜雪君子白髮心悠悠邱軻要有從容意不逐奔潮日夕流

看保安沙還至上海和敬如見懷

爲別四五日甫至止一日山中臥一日走江氾兩日風雨

中水深沒車軏去其往還日費祗四日耳何張於吾人良非等閑比新歡入故羣磊磊眞可喜雖然相從樂豈不念吾子人間子名者循例欲謗訾論子口則箝不論腹有痞沈思世賢萬取足一知已盡人而費辭是亦可以已飮河期滿腹不得盡河水寧獨吾道然子意亦如此取子之赤心照地立人紀得時互光芒不得伏而死空空是非間卽是安足理緣子詩念吾還辭以喩指

敬如和余詩獨取人聞子名者循例欲謗訾二語痛切言之夜燈諷誦感不絕於心輒復將此二語散爲五言絕句十首所謂長言之不足則詠歎之者也

世上皆安樂而君獨苦辛明明日月照莫辨汝爲人

史遷七十傳獨服李將軍桃李不言者名聲天下聞

陳湯一樹奇百謗猶能理無命復摧之塵埃老吾子

子有一樽酒與之忘死生胸中已無物身後亦無名

何哉今人言智出庸人下彼固落拓人我非狂癡者

風俗庶民事於今逮搢紳言言從所授邑邑自相循

日慘天茫茫人間定何事吾嘗覽論人子弗進苛例

平心論吾曹誰能補時局所爭在有志豈必定無欲

時王欲侯汝寧知汝悽愴此意人不聞有聞亦貪謗

哦詩以送日好醜率吾指方知此道寬無人橫相訾

欣父席上應諸公詠雪之屬用敬如韻

酒家高樓當大道我友消寒命同好捲幕驚看瑞雪飛擎盃覓

句求詩老窮險不散此何時鏤肝刻腎眞癡兒羣公竊把玉龍戲徒我寸鐵無敎持問天知否天無恙羅賓不見公孫相贈有平章詩事八聳肩瑟縮江湖上江濤入海必翻瀾彌天作凍知應難明日顛風激狂淚愁君未忍憑高看我欲結廬向幽境有田論畝不論頃紅雨春槽稻米肥綠窗夜詠梅花靜不然高語出塵埃於今海上無蓬萊瓊樓玉宇寒深矣何處乘風歸去來

星濤席上疊韻奉詒兼待遜庵兄至

酒邊人是東西道眼底歡娛未云好要其迢迢千歲憂纔保區區百年老結交始自靑春時握手相視皆男兒半作落花天所命一爲飛絮風難持漢陽獨樹春無恙批根削迹窮諸相世態傳之阿堵中逸情高出雲天上沈生才氣如翻瀾等閒一顧應

知難把君氣味逢人說剖我心腸與衆看古人所寶文章境豈與小夫競俄頃對面相看泰華低發聲一奏雷霆靜於今萬象昏煙埃曷不將身隱草萊熬煎世事一樽酒留待明朝舊雨來

和敬如四絕

看君日日飲無何叔末年光事不多款款輕輕一宵雪豈知滄海又增波

君積詩篇有幾何吾人終不患才多先生縱讓登高賦平地猶能作一波

陸賈南行事若何昔遊所得已無多君恩濊濊九天露相度汪汪千頃波

古來滬瀆問誰何海市於今萬倍多我欲乘潮溯三泝不知何

處有涼波

消寒第二集同人屬余先賦仍用敬如調而易其韻

世事於今更繁促甚則朝娛旰而哭三日之約胡逍遙眞到樽前願已足開樽聽我消寒吟不論家國毋言心高車大馬美衣食千年萬載爲荒淫洪生爾毋惜毛羽東門才子安足數彼亦一是此一非總爲文章賤如土陳生萬里天南行苗民拜舞山靈驚富媪之藏忞汝取髮白返黑黃金成談忠說孝吾知妄泣血孤兒首無狀負米奔波尚有辭當筵慷慨眞能忘所聞羊酒會西鄰爆竹聲聲已換年苦我消寒消不盡無從乞與別家春

再疊道字韻贈遜庵兄

昔聞萬里雲南道不與中邦論醜好一云吾兄持節行忽向樽

前鬢愁老憶昔當君壯盛時顧我相傍猶嬰兒性情扶攜默相喻歲月拋擲飆難持天南地北君無恙論才應作濟時相數載馳驅隴阪閒一官落拓秦淮上無端大海飛狂瀾客子因悲行路難脣舌如雲不我釋肝腸沃雪與君看歸來歷盡艱虞境不復歡言一時頃百里川原亦阻深相望不見心猶靜駟虬乘鷖絕風埃更向遐荒闢草萊記否琴臺深夜語得閒應肯附書來

贈愛滄

四方上下一東野百里東西兩上游舊用詠謿今則哭（昔謿姚錫九用此意也）醉將拋擲醒難休翻翻棋局論千變轉轉車輪有萬周雪後臨溪眞異事凍魚如欲煦泥鰍

愛滄席上贈林紓琴南即撰茶花女遺事者

騷人欲炫芳蘭佩巧向樽前併一歡豈識廿年同味者更從海外異書看渠於吾鄉同客吳武壯諸子皆心識久也

條支弱水荒唐甚碧海青天夜夜同莫把茶花問葩籍言言都在國風中

消寒第三集詠日本小田切所謂滬上四假者

假眉

物罕而見珍人多始爲貴子謂眉眼須天然女閭三百皆有眉娟娟云何東西比屋住曾無千乘萬騎來喧闐人之來爲君美美由人君知否濃妝大樣高嵯峨傳動珠履相經過徐察妙美飛橫波芳言馥語蘭氣和傾身更獻千金歌東家美人璧雙蛾姸心不見君如何

假拳

酒酣不得住拇戰聲聲怒構會亦有時研摩勇相赴勝則仰而鳴敗者飲如數二五一十間常悲士不遇誰家公子來酒場昂頭揎袖神飛揚舉盃屬客客先畏九籌十勝難禁當美人如花笑一旁笑客草草難具防豈知手眼脣舌一時到衹有風聲鶴唳陵虛翔客自先將杵投曰夫也那弗錐脫囊方知此事亦天縱不得從他論短長

假應酬

出門兮百道車不嫺兮馬不曉對面兮各天山則深兮水則淵彼何人兮習習舞當筵兮徧給身之傀儡觀者娛水與蜻蜓不相入

假書法

有儒一生擅書名賈客販鬻王侯迎窮力臨橅不能肖祈以筆法傳後生生來汝以筆畫地低昂肥瘦任汝置先作欄杆後畫邊從容點綴看成媚作字應無千載期世間版刻背人爲歐顏米蔡都無遺安得更論羲獻之先生聊以紿羣兒

贈吳彥復

以行得官以言去古人如此亦堂堂看渠八海横飛日更向萬山深處藏何由黑髮看成白應許玄天不作黄試把遺書往沈誦逸民儔侶自成行

適與洪蔭之觀遊歷東洋日記而哭自傷我亦蠅營狗苟亡國之人也而不能保其命而眼中之人可忠可孝更無人爲保全之俾老斯土而全厥名也恪士和宋燕生之詩在旁嗚咽而次其韻

宋生慷慨憂時者聞道今猶一飯艱翹首天虛疑有路閉門海上望無山沈思百變眞何術試想羣材盡不凡竟作邱軻論管葛不能揮手米鹽間

笑把山童河水涸看他魚鳥不飛驚胸中未必餘羣輩世外眞當有六經暮雨朝曦渾不定春潮臘雪暗相生西山一調無人績多恐明朝話柄成

吾粤館既爲剛相所裁亦不謀從李相再之粤惟欲就近得一館以養老母愛滄恪士星濤三弟者既極爲之謀而遂庵兄及余晉珊杜雲秋皆有意焉所求至少而得

朋若是之多一何可笑恪士別有詩索余和更次其韻以明非不惜自薦云爾

憑臨江海猶虞渴此事眞當問數賢奄忽十旬渾似夢相望百里遠於天可憐烏哺爭餘日欲退鵬飛就少年寄語籌車身似硯不須辛苦更求田

贈秦煙鉏

無榮無辱垂垂老亦有非常在眼中祇博閒人論功罪體多用少一聲同

東坡生日王義門置酒次東坡和王郎慶生日詩韻座中有趙善夫楊功甫及敬如也

飛書馳檄望風趨羅向樽前盡友于賸臘一旬窮節候雄文千載舊規橅王郎置酒仍前事趙子吟詩尚腐儒陳孟公能從陋巷范淳甫亦脫經郛債多莫作登臺計道喪休乘浮海桴席上人人攜鳳侶袖中各各有驪珠喜瞻髯叟顏如昨更作吟朋吻不枯寄語西州楊道士要添蜜釀作膏腴

東坡生日即消寒第六集敬如爲長歌甚有高致余轉自愧其才思枯竭不能和也無已復用前韻疊一首贈之

長吟累月筆花枯更設罍樽學拜趨四海鈍人成此會萬年閒事禮前儒詩書醞釀於今薄笠屐風流與衆橅仙去難留天上曲神幽焉到海中郛齊王竽好無須瑟博望槎成不用桴愁入滄溟都化水淚隨咳唾盡成珠誰能送日猶憑此暫試因風一唱于吾服季常眞耐凍歌殘字字擷華腴

善夫歎

悲風颯颯吹江湖天日下墮人無徒聲沈響絕猶獎虞稱名不敢遙相呼漢劉周姬笑自誣載之文字將何如涉筆欲下心躊躇抑思名字與人俱不論眞假論賢愚愚者一死皆掃除賢百其號人盡譽善夫有味如醍醐善夫詩亦清而腴善夫勉旃沈寂餘後令蠻貊無輕儒名有似者實則殊請看當日宋潛虛何如此間趙善夫

東坡生日臨觴有感復和敬如

迢迢閱世徒增悲人欲不死將何爲假令髯翁到今在恐其一日無伸眉翁年八百六十四飄忽人代成今時笙歌譙笑極喪亂縱橫歷覽皆無之祗言新法亂人紀詎謂舊學誅民彝公乎

來遊聽我告安石正論經天垂不佞天人不法祖徹骨剖辨無瑕疵儻教歐馬數君者與其責難憂來茲一君一相必有職千變萬變皆非奇當時堂堂宋天子將與萬國爲軒羲人言我窮爲公故寧知在政不在詩天仙化人一方語令來竟作奸邪資誰能頑然守深黑無與日月同奔馳舉觴爲公祝千歲憫念來日傷肝脾曾是淵源一江水聊以弟子諍其師

走筆書事卽以謝同人之招

全河已落漁人手細小還爲巨者吞路盡人人偷作計哀來一一告無門空能手寫雲天意更把身留雪地痕覽物潸然況悲己忍從諸子笑擎樽

方小汀新歸追爲東坡壽詩索和遂次其韻

聲聲臘鼓催除年騷壇壯者皆不前獨絃哀歌向誰賣同舟就我方翁賢方翁平生有孝子養親魚酒必鮮美晚歲抛書更弄孫含飴樂事眞無比此間宴樂蘇文忠方翁恨不與其中作詩往復敘年譜曲辭娟悅來求通我方醉歌作鐫議爲汝更得諛斯翁蘇翁蘇翁祝汝從此千萬秋著述磊磊長存留弗遭烈火一焚盡弗與淇水同漂流原來吾道竟微細難比天地眞悠悠豪賢不保千歲運玄邱天亶猶含愁不然吾詩畜今代豈與卒歲同少謀便當伸眉向天下何用對客常低頭

題陳鷗民漢江課漁圖故人陳宇初之族兄也

陳生字有鷗民者日逐閒鷗泛水雲記向空江牢閉口怕排鉤黨到鷗羣

故人陳慥今何似聞說專城不救貧曷不分渠半江水白頭兄弟老垂綸

鷗民敬如哲甫爲三陳合譜屬余題耑

傳盃海上日千場到此論交足涕滂啼笑都爲一時計姓名何俟詰朝忘誰知勝友金蘭會兼覩名家水木光三子同心吾作證最能垂代溢芬芳

消寒第七集

百國皆是青春人獨我殘年未教送歲時月日誰爲之積習如山推不動路旁喜遇同歲翁問齒猶能退居仲十年白髮提前生便作童孩亦安用高衙馳檄追笙歌朱榜煌煌已停訟如彼甌脫無誰論人間得此歡娛空老寡泣血胡歸休子莫啼寃寃

沓眾四海瘡痍今若何九疑雲物皆如夢不能㬅竈取一歡醉
死樽前氣猶洞

評黃駿孫太守歸田近作兼題黃曉秋戶部瓦缶集駿孫
集中多錄曉秋作也

苟祿蚩蚩絕可憐論人先問掛冠年況能磊磊披肝腑滂笑縱
橫卅八篇

吾欲觀人觀所與佩於騷士必蘭蓀微陽不轉黃鍾死瓦缶哀
嗚欲斷魂

慎交吟贈敬如義門兼視善夫

朝朝騎馬能相過交到死時無一個君今未死何由知正看生
時作死時世上何嘗有生友只作生交宜住手苟無千秋萬歲

心與之一日猶爲久陳生語汝慎交吟王郎勸汝盃中酒王郎
作弟陳作兄徹骨吾能知性情果然識字同憂患且復論才託
死生不然有若宋夫子不見知名見亦喜宙合紛綸固有人錯
雜相看斯可矣嗟吾不自惜其詩劇雜焉用牛刀爲正苦天人
墮塵溷再三珍重話臨歧

與善夫一席話歸來猶心痛也疊送字韻

有臣偷欲忘其君僅保頭顱未敎送有子偷欲忘其親忍使肝
腸寂無動一朝相遇淚滂沱失志忘魂相伯仲空能言語似蘇
黃眞到古人亦安用醫和死絕巫咸歸天路茫茫與誰訟我言
三樂已無頭子遺八口半猶空一口相從亦累人不然何必吾
從眾各把是心牢守之更背妻孥自尋夢要能磊落戰餘年大

火當前顏色洞

詶淸夫道人洪述祖

百體爲我稍延留牙齒紛紛先乞休樝枒大餅不能截當筵獨
咲甜饅頭脂匀質膩味疏爽湯飯可厭膏粱羞我初食饕後退
卻秖問賓客能買不求之市上百無有誰家庖廚爲此謀洪生
越日即我飲盛筐百個來相投云此甘芳不易變能作慈親十
日饍我聞驚拜感且泣子之佑我如何酬意重君羮小人食德
爲玉瓚中黃流洪生有母不及養惟日惻惻知人求耳聞目見
有春在可以稍釋胸中秋我獨何爲自言老與子德意相謬悠
還家會當博母喜來日致命同君遊

謝人贈人參糖精

誰將聖藥惠高年三世醫家有秘傳苦口累人甘亦得秖憑誠
意足回天

留別義門兼約明春攜大兒來滬相見

子今行否吾歸矣柳色萌芽會於此平生十約九不還人事則
然非予恥所以尋常一分手也用低回不能已比德論才作弟
兄秖須並世何關齒吾兒後君纔三年吾意離君尚千里會當
教君看孔融未必勞君拜陳紀

范伯子詩集卷第十二

通州范當世无錯

光緒二十五年己亥遲粵俏不至遂留上海度歲至二十六年庚子三月還家作

果然

一紙相看事果然朝娛旰哭到窮年遊絲忽落三千丈錦瑟眞成五十絃老寡可憐垂溺晚大僚應記受恩偏愚生只把春王筆載白堯天入舜天

書賈人語

去卽去耳誰爲賢人如綠草生春田鐮刀割盡還須長不問但有今歲無來年東家獨患囊無錢傭保雜作何有焉請看朝廷沒曾左也有後相來聯翩我聞此語悦失色從此昆侖泰華皆不堅明朝便叱玉皇退何能一帝專諸天

題陳鷗民月湖琵琶圖兼答其釣臺徵詩啟

郎官湖是靑蓮造商婦絃爲白傅留漢水漁人眞好事一圖兼攬兩千秋

聞君別有徵詩具日傍琴臺望釣臺笑煞嚴光亦淪落不然寧用客星來

臘月二十七日漫書

雪後從容復陰雨詩成嬾散更歌行不知門外今何日便與樓頭送此生老賈失時尋舊話童奴少事問書名無心撥盡一爐火不寐聽殘五轉更兩境可能天不隔萬年難使物多情閉門

習靜干風事卻撼虛窗故故鳴

余題月湖琵琶圖因及釣臺集而有嚴光淪落之歎又引甲之而得歌詩十句

我笑嚴光釣澤濱亦是天涯淪落人所以乘機一謁帝寫此鬱勃方藏身豈知帝星亙天上也有生命不及辰忽忽未知生可樂懨懨常與死爲鄰等閑多少窮途淚可以飄飛化作塵

謝敬如念吾母

萬重冰雪裏誰者暖人心昔語多君智今來不我尋門闌天地隔車轍海河深不敢望吾母勞君代屺吟

有母論饑飽孤兒罪更多文深徒繾綣勢在竟嵯峨孰使求高者能如苟賤何勤勤將子意同淚與滄波

柬愛滄

昨者應從白門至聞吾未歸弗駭耶人間失路安有限疑此未算窮無加有母能慈有子好祇以不見爲嗟呀詩骨强於隼飛雪歸心急似蟹爬沙門前一江化銀漢雲路盡絕天無槎只可相從復消夜與君揮淚說京華

和善夫

怪底沿江水奔注四海平添淚人兩聖手無柯亦莫望佞頭擬劍教誰鑄日光雲爛方賡歌誰解唐虞事若何尼山亦是阿諛者佛祖焉能免罵訶

除夕詩狂自遣

歲歲年年有更換不見留光可稍玩惟獨今年除未除雄詩百

首長為伴人言詩必窮而工知窮工詩詩工窮我窮遂無地可入我詩遂有天能通我與子瞻為曠蕩子瞻比我多一放我學山谷作遒健山谷比我多一鍊惟有參之放鍊閒獨樹一幟非羞顏徑須直接元遺山不得下與吳王班

除夕無聊復次山谷還家呈伯氏詩以貽余仲

平生浪把千乘輕臨老方知一簞豆靚面獨有同饑人意態荒寒節物醜便將蟻力銜山來一歡已落啼號後況有衰顏七十親旦晚念吾應更瘦汝弗浪愁虛費醫吾實慮汝一腳手聞吾不歸誰最驚蓬巷悽悽二三友亦有孤寡汝弗知告訴無門應罵詬吾非不從僕人言早計從容棄此走門庭羅掘會將窮鄰家稱貸亦何有明年誓將為人役不俟饑來始張口摛文未至茅塞心作字無虞柳生肘誰能與人作筐篋猶得逍遙辭鏁鈕汝曹愛兄莫漫悲與汝安心一盃酒十年肝腎吾能勞二分齒髮先吾朽何況於今萬乘如飄風齊楚化為无是公長饑觳觫到吳儂微命區區愁不從百變終能娛樂已世間獨有馮公耳

與劉一山除夜深談贈之一詩并將以示彥升兄

不以俗子相繞纏不與家族同熬煎祇以青燈照白話與子相對成一年子之識力萬夫賢覺旦有在鳴雞先公卿攬子欲為管嗟子十口何能捐平生小心結師友負累何止千萬錢到今簿記百不省更用三省常自鐫人間來日是何世愁霖氾濫高無天園傭折花不能賣蘭薰雪白何為焉不然有若蕙修者壯

老一概窮當堅瞬獨胡緣竟欲死隔海與我愁悄悄一山以彥升來書相示有生不如死之爲樂云云蕙修亦彥升字也

元旦疊韻自占

怪怪奇奇盡偶然昏庸柄國已千年欲傾東海斟臣酒怕有西風拂帝絃近死不知機發驟同憂奚俟夢來偏逃塵便與追前迹河上今無二畝天

連陰十餘日夜忽無風而自霽雖僕輩猶知明日之復雨也

一雨十日不放晴紅日不出天無晴祈求想望已心死兀坐樓上甘沈冥然燈燒燭照宵詠良久不聞檐溜聲童奴開門問雪否還走笑言天不誠無端收空散雲霧直視萬里星光明吾聞沈陰若災禍每至康復須威刑炎日斬斬施雷霆寒月刮地風崢嶸不風不霆只無事何處頓成開霽形恐是陰類自怡悅拂拭后土便宵行請看淩晨日欲上果然復雨如盆傾

以保生鼇東薦之伯謙

李白韓愈浪得名子瞻山谷皆平平不然嶔崎歷落如我者焉得置之世上鴻毛輕雖然時遷勢亦異依然同類相枯榮籍湜駸駸入文府秦晁往往句同賡貧窮陸離亦有會龍饑虎困風雲生可憐達者竟誰是祇有裴子食一城天哀其親俾得養亦俾其友從呼庚原嘗死矣平津絕羣士從容餓莩成何用千金買駿骨眞能一飯揚名聲吾鄉如今有瑰寶囊列高價子所評種松十年冒霜雪凍骨漸與寒山撐吾雖半菽不獨飽忍能對

作空腸鳴會將質裘持送似令就吾子天南征齎吾詩騷與將去還乞吾子持與諸家衡保生伯謙尊人試通州所得士也

正月四日雨稍止一山拉入市買報閱之因晤諸子同飲次善夫元日二首韻

乘春百物動公等意如何苦雨如相偪炎曦不再過妖姬猶傳粉羣貴尙鳴珂徧奏迎神曲今宵樂事多是夕迎財神徧地喧鬧

那得深山裏冥冥萬古天便將巢作姓不問舜何年忍死吟吾句含悲入此筵茫然眞一概莫道汝爲賢

敬如題漢陰課漁圖眞妙作積欲和之而未有辭會其爲我營歸計將成喜而徑書十二句并以結來滬同居之約

浙西徐氏校刻

我歌獨有陳生尋爲絲爲桐成一琴升堂入室鏌鋣斷知心取意江河深正憶康衢結交衆寸步艱難不汝送各以悲歡閱歲年傳盃天地眞如夢一波送我還江津朡之活水魚鱗鱗范張已分能生死元白將來合作鄰

善夫以次韻少陵杜鵑行索和余患詞意之將竭也用其韻爲三足烏行

君不見龍孫飛上天化爲日日中三足烏人間烏生八九子惟有神物難將雛蟾蜍東西但相望緘默不語甘羈孤人間烏鴉積此恨晨夕出入悲啼呼汝羿已射九日落那不釋此常區區縱滅其形難滅影到今反笑奸雄愚貫通三才作王字看渠能抹靑天無看渠能抹靑天無不用怏怏持戈趨

與義門論詩文久之書二絕句

六籍英靈葬死灰憑虛喚得幾聲回絃歌已落伶人手豈憶尾山學道來

最有空詞定樂哀網羅故實定非才請看鐙雨檐花句便值高歌餓死來二詩蓋不佞之常譚以爲工部當時若作檐前細雨鐙花落便不成語言更值不得高歌餓死也聲音之道亦莫知其所以然高才若從此悟入豈尚有死法可循哉

人日和杜公追酬高蜀州詩用其體韻

人間何日不興作何代無人怨淪落把手杜公人日篇感激淒傷淚如昨遙遙大歷千年來人代相看已寥廓寧我獨無經世才知君亦乏匡時略常將短札記經過更把長篇娛寂寞言懷稷契悲唐虞坐想驊騮憶鵾鵬如今似我更無論漢中昭州無

一存劉表能談周禮樂趙佗不問漢乾坤朔風慄慄重陰覆西海滔滔萬溜奔天意寧嗟腐敗士舊遊欲斷公侯門可憐世季生無賴要使饑驅道不尊尺水漣漪復何有涸餘常此役驚魂

臨睡感題杜集

了知身世風馳過無奈當前日似年事至終須一笑遣吟成翻藉百憂煎思君往矣眞同物問我誰歟待後賢病體不勝爐火濇仍能辛苦課宵眠

鎮日無聊疊韻寫意

爐中活火看全世簾裏飛烟幻百年硯墨淤然隨筆盡壺冰清絕爲茶煎繁聲雜沓酬佳節小說淋漓有大賢昔日經過裘馬客不知誰向酒家眠

寫詩與女壻陳師曾三疊前韻跋尾

不信人間許大事徐徐放下又經年雲天斷影紛難繪燈火殘膏尚自煎未覺馬揚眞可樂焉知牛李孰爲賢詩書麴糵將安用醞釀老夫成醉眠

有所聞並憤所見四疊前韻

似聞雲錦翻新樣并說珠襦類往年前席終無一籌展對觴誰免百憂煎賜酺恩澤雖云濫博塞歡娛豈謂賢疑是諸公啖榆飽不然何至抱薪眠

入此年忽忽又經旬矣時日之流驚心動魄五疊前韻示兒曹

要知元日須珍重涉夜侵晨是一年萬種去來皆恍惚百般苦

樂與熬煎陸沈酣豢原知誤瘠死清貧未必賢不有千春呼吸在何分一醉短長眠

次韻杜公偪仄行贈善夫

偪仄復偪仄我居滬南子滬北向者皆從何處來對人乃爾無顏色自從開歲盛衣冠愈覺長途有荆棘天陰雨溼宜爲辭晴好依然行不得一車縱難賃兩腳豈無力頻來看竹主應罵仍與借花賓不識江頭士女如狂顛香車寶馬紛馳傳鳧飛鴈集莫比數遙望直入冥濛天陳生吾黨類見面猶悲憐彼亦皇皇自求活那能日夕相歡然忽憶與君是同歲瞬息便到知非年此間寧著爾許物撫己但合深山眠好把出門賃車費竟作還家買糴錢

感於東坡生日之作遂爲摰甫先生六十壽詩

人生百年一刹那賢愚貴賤同一科挈長量短其如何祝禱稱頌皆私阿要使日月無空過聖哲自比庸愚多有儒一生高嵯峨墮地便與書相磨浸濯滋潤成江河放之一州勤民痾晝執吏事晨自哦卽飯仍與賓搓摩判簡披牘如交梭不肯俯首慙羲娥猶嫌一官遭網羅於世無補身受瘥立起自劾投烟蘿從此壹意知靡佗嗟彼豈誠書有魔方今儒術貧撝呵腐士不識眞邱軻死守徒以來倒戈後有萬年寧可訛濯而出之渾渾波黃寘高阜平不頗用此憂勞鬢亦皤獨與往聖留純和我年十九付蹉跎刳今傷心至蓼莪忍死惜淚吟庭柯感念身世終滂沱會以生日觴東坡類引更爲先生歌

於三山會館觀所謂天后宮者緣其兩楹大書天后傳謬延搢紳故有此作

賈舶沿江不惜錢閩人於此益拳拳神靈備著千番應譜牒猶能一姓傳何但生男讓生女須知如帝又如天沒身一樣分喧寂愁絕當時謝自然

方小汀將之館以其鄉味餉客余與義門都以事默默深愧此老之誠也退而爲詩以謝

渾然太璞黃塵裏一片肫誠綠酒前人各有憂應不識客將何好請明虔論肴偏與鱸鄉左置譯難將閩語傳等是饑驅歸未得滿街燈月照離筵

元夜

元夜無人談月色古來崇此一宵鐙隻雞斗酒吾何往野馬蒼

天見未曾小大並時眞不異悲愉極處總無朋東家老叟情難
卻看轉風輪到幾層主人邀看走馬燈故云耳

謝客難前韻

零星賸淚朝朝雨慘澹愁心夜夜燈語必朝廷人不解論關毫
末爾何曾饑寒自切身中事膠漆嗟無往日朋必欲憂天天不
墮月華雲爛一層層

讀報憤歎

羅者不知有寥廓應從藪澤視鷦鵬如何故作癡人夢捕兔而
今向月明
試想誰人甘作笑世間原有十分愚可憐鹿馬迷淒日除卻傷
心一字無人情愚至十分則九分愚者皆得勸之使不爲而十愚之事亦終不可得見也藉非有若趙高之狠戾何至傳笑天下如今日之事乎

浙西徐氏校刻

三山會館晤黃曉秋同飲方知其亦留滯此間翌日出其
元日試筆索和疊二首酬之

眼底應無狐白裘老夫向客只低頭昨來見爾三山館始復登
吾百尺樓鱣鮪勿因塡海懼侏儒肯爲墮天愁依然碧草乘春
至勞苦年光酒一甌
處處笙歌起畫樓時平相業奠金甌正宜力取還鄉錦何便悲
吟作客裘凍折蓬萊天左股望穿首蓿海西頭交疏未問行藏
事約略分吾一段愁

壽敬如三絕句

此才不爲君王使碎與窮途急難人不識門前須我否怕君還

有債紛綸

爲我奔波日數回忍能對面見君哀分應足繭聲嘶日更得關門覓句來

今日聞君向弧旦不能盃酒以詩通更成耆語從天祝歲歲年年作苦同

正月二十一日盆花落東家老叟爲言節氣笑而深感其言適耆夫以和人日詩至遂疊此韻杜公酬蜀州正是日也

節氣不知誰所作遞有時花任開落祇須長年飽飯人已識來今如去昨況其高眼凌青天正把閒心置寥廓雖然血氣與凡同忍使流光槪從略近知愁苦即歡娛看徹繁華無寂寞肥甘必欲慕糠糜燕雀真能笑雕鶚李杜詩才且莫論彼有黑夜孤光存微茫便似初三月泯默還如六四坤逮其胸中芒角出遂使筆下風雲奔此皆隨宜作生事豈有要妙成專門可歎諸公百不暇使之千世獨稱尊春至江南望楓色青林仍有未招魂

次韻敬如

送臘迎年把酒揮淡句累月尚無歸空能跌宕生花筆不復流連寸草暉生死並論交即少行藏一悔夢都非毋言雨露勤相就枉復緇塵日染衣

晚覺寒甚敬如來則旣春服矣再次前韻

魯陽戈鈍莫能揮楚客魂離亦不歸萬古雲霄成斷羽一天星月爍餘暉時危怕與心胸盡老至愁看面目非氣候陽和吾弗

敵卻憐春半尙寒衣

三山會館赴小汀之招并約敬如送罕兒入西學堂次小汀韻

淸談無復妓成圍不醉猶能醒眼歸學也固知無祿在天乎安得與時違老夫剩以文爲戲平世終無淚可揮箭激樓船滿江海奮飛魚鳥或知幾

黃浦江感賦前韻

帶郭江灣秖一圍湯湯入海水知歸淸談典午風猶在高會春申願竟違白日只敎雲樣過黃金眞有土能揮潮來浪去悲何限百倍安心是布衣

平心語

平生本無溫飽具白手乃望天之援宰相勸求蠹物者吾屬見遠非煩寃有身疲癃又不死與世祈乞終難言近想馮生各有賴自今不復憂黎元

保少浦來上海吾意伯謙雖賢者亦不可褻裳就也勸姑歸讀而和其途中三詩

忽向此間住眞如粥飯僧文章今作戲時命古無憑明眼若觀火寒軀自飲冰一春斷還往雙鬢益鬅鬙

汝已屢饑慣今來何所爭勢衰高下僅道喪死生輕賸有一途在能堪萬里行猶虞最爾邑無地著儒生

但向詩書去無論物態新空疏終病世昏憊不通神正與衰時盡仍留古黛皴未應愁即死除我亦空囷

罕見入法蘭西學堂以安息日出爲余述其間規矩之嚴甚樂從也余亦甚慰明日復憂其暴改所習疊少浦韻戒勉之

禮失猶求野威儀看飯僧況其仁可學眞與道爲憑執業若行水奉身如履冰無然慙似我衰鬢日鬅鬙

看向前期去悠悠百不爭姓名羣士略啼笑一身輕獨念海之大願隨天與行何時能挈汝遊覽足平生

忽於眠食處愁汝一番新總望形骸健休誇志氣神空腸毋水激削面莫風皺但取從容樂何憂三百囷

和劉峴莊尚書入都留別四首

不信人間叔末年羣公卿士若狂顛微陽耿耿孤忠動一髮沈沈大義懸起自湖湘功在世坐深江海澤如淵歲寒愈有驚人節可以昭回日月天

霜霰重重雨雪催莫知天宇幾時開黎元責望雖無厭白髮論恩也要才帝命還朝資贊畫公將乞病尚徘徊攀轅父老焉知外但祝行旌指日回

鯫生自昔返吾鄉共被沾濡未敢忘已分入山隨李廣寧思得路遇王良精神況已輸騏驥心血惟堪飲鳳凰此曲賡歌無所讓爲公千載祓甘棠

自頃生涯集百憂二三寒畯與綢繆投軀未必人情薄舉足難禁世慮稠獨喜安居託仁宇仍能饑嘯對洪流微儒戀戀眞堪劇祖道相望東海頭

斜飛雪用前韻一首

上帝沈沈醉有年春風無主晚來顛滄溟激蕩洪波起廣野蕭條落日懸誰辨癡心同大造但追詩思入重淵吟成更與斜飛雪如此穠華二月天

題胡子勤美人宮怨

漢武威權能棄婦故教喜怒費疑猜如今賦有長門手誰爲相如取酒來

江湖莫照驚鴻影滿眼存亡可淚零不及斯翁隱塵市發緘猶賸幾娉婷

善夫招西餐余辭弗飲因從容論戊戌以來事頗盡余意善夫亦告余將隱富春山中卹然有同志焉遂次其韻

飢腸得飽最爲樂折柬招之萬無卻更呼進酒胡爲然泛濫徒教淚橫落愛身與國理則同激宕悲歌氣逾削寡緯不念宗周憂酗酒遂爲邯鄲薄第一冥冥保太和愼固無成小人惡眞能把臂事村農胥吏何由恣苛虐子之論分庶幾哉往矣富春花灼爚

范伯子詩集卷第十三

范伯子詩集卷第十四

通州范當世无錯

光緒二十六年庚子五月至桐城及閏八月至南昌作

送鄧璞君之山東因託余季

骨肉有同理肺腸相與陳水西一席話山左廿年塵閱代無聊後仁親未了身何因託余季惟以其悲辛

出郭

還家百不習出郭動微吟以此一閒放蒼茫入我心歡情不得煖復苦憂相尋曠然覽江海激水同悲音我今甫踰閾世禍未見侵徒緣死喪際泣下沾衣襟況其念來日四海無安林飄飄何所止慘慘孰能任甫白能言者當之亦恐痻

集賢關

我行至安慶便憶咸同間峨峨攻守具復有集賢關何由搏狂寇冥想存茲山一精策羣力接天猶能攀當時寇熖熾非獨我能然人智日不逮敵勢從而遷乃知勝敗理豈不在愚賢賢智所淬厲神鬼不能干敬慎及枯朽戰端胡易言齊德欲相服人盡知其難嘗以蕞爾魯妄欲興大瀾公然庇羣盜顯與列强翻此雖五尺子不受斯言謾嗟嗟中興運短短無何年大人龍虎氣一去不復還鐘鼎已成故衣冠欲化蠻誰當與狂藥直使我心頑

題通伯所藏濂亭先生手蹟一册

津門一掬傷心淚忍向天涯不再揮持比古人眞愧痛獨存今

日曷歸依流連手蹟尋常有接對心神曠代稀二復君文剛戀戀又傷離亂促征騑

題通伯所藏惜抱先生手蹟卷子

慘澹斯人去山川亦不神毫芒落君處悲涕逮吾身論有當時定才爲異代珍誰令杖朝歲猶作太平人

吾與通伯相思七年僅得見於外舅之喪中又不得稍留中間又泣且病談世事則灰心短氣讀其書則徒有浩歎并其夫婦憐我之喪女欲以長女相嗣爲卻爲承亦未遑云也放手而行能無痛淚

骨肉銜悲日華夷構難辰與君成此別爲道益傷神徧國皆誰賴皇天不我親洋洋三古意惟以度宵晨

別有傷心淚眞如戀子何人情死憐類勞者泣當歌勿以生相問終知命有頗掌珠虛惠我萬事總蹉跎

辭外舅靈几

身窮世季歲云徂更讀餘翁絕命書今日未應悲逝者一生無奈特知余黃花晚節嗟難到赤縣神州不可居祗作無言揮弟姪了知夙諾盡成虛

題桐城

歲歲桐城有夢餘淸談旣接又還家海峰薑塢尋常有不見龍眠與挂車

抵安慶薄莫而雨遂改以明日詣方倫叔先去一詩

中興大業銷沈後舊德從容此一家卻向城根結廬舍坐於江

上看年華淸遊望斷天邊舫急節催殘日莫笳豈意皖公山月下等閒先被海雲遮

還家有述前韻

志量區區今日盡八荒六合臏吾家可憐郎事歐心血孰使空談閱歲華百郡文書仍置驛一江城郭有鳴笳洋洋海勢兼風雨何術能將片笠遮

過焦山内人扶病眺望

斜陽冉冉天光好積水洋洋樹色酣欲問山靈此何世尙將晴翠撲江南

臨江病眺莫傷懷不死終能爾我來放意存茲一片石世間何物是樓臺

悠忽吟示江潤生太守三兒

帶甲滿江海飛蝗更蔽天民今在爐火官亦坐鍼氈急難嗟無位祈哀恨少田從公且悠忽蟻命分同捐

贈江三兒

坦坦向人盡味之方覺深接交無不可知許我能任百口仍孤注千秋並陸沈牢持鐙火意悠忽見天心

答諸公要余至上海同謁李相

靑天白日沈憂患遠水遙山送語言世有萬年身是寄民今百死我何寃可憐黃髮承茲難寧惜丹心爲至尊後鬼前猿啼不已又能重把劫灰論

答鄧璞君疊韻寄和遂以秋門行止相託

萬古無今日倉皇百變陳域中非樂土人命本輕塵近喜慈親腹能忘愛弟身誰令千里外吾友獨艱辛

七月二十日挈罕兒往省外舅吳公疾自吾庚午孟秋入此門恰三十年矣卽夜感賦

苦月臨宵轉轉虧昏燈倦眼對迷離當階瑟縮驚秋早引枕低回結夢遲語世竟難寬病叟行身不得飯癡兒回頭快壻升堂日卅載倉皇到此時

磐碩大兄因亂棄官問道歸嗚咽有贈

誰言破敗無今日不忍流離到此人萬死能賒歸有父百方欲騁往無親萍蓬散落寧非分瓜果娛嬉復此晨最痛吾皇在幽閟更聞臨亂道艱辛

因磐碩兄歸賦呈草堂伯父

丈人吾父類不忍想須眉頃自兄歸後忽然夢見之壺觴天地窄談笑死生遲不得同趨往歡然出涕洟

聞說

聞說雞鳴驛吾皇昨駐茲移家無百乘遮道有羣臣睽曠虛臣蓋艱危仗母慈風狂兼月黑惟以涕漣洏

八月十二夜乘車至滬念昔秋去滬而今春返皆無幾時世變遂已至極感痛不可以言詩以記候

急火炊粱粱不熟大千糜爛一何神可憐目斷前星日亦是身遊太古晨鄉士終爲覆巢卵饔飧猶畏倚閭人涼風八月宵如昨一往無由問屈伸

至滬謁李相

天津回首陣雲屯重向江頭謁相門天意尚能留碩果人間何處起貞元耆年往復乘衰運老淚滂沱有笑言一事告公時論定八州生類賴公存

讀皇上罪己詔

可憐鹿馬迷淒後慘澹無言到聖仁一昔驚聞詔罪己萬方流淚養歸親問安已過雞鳴驛失路應悲螢火津最痛三良前死殉至今欲贖亦無身

思婦

思婦江南音信斷朝朝只欲去燕山空彫翠袖黃塵裏寧返朱衣玉殿間魚尾秋來河水赤鵲橋天上鬢毛斑人間信有無聊事觸緒千言意不嫻

不信

不信江山如錯繡更無奇策建堂堂威公老去貂牙在蒙氏蹉跎勝廣強一馬十年愁未已羣鴉孤鳳泣何將由來忠孝須明眼獨對昏燈淚萬行

訓蘇松太道余晉珊一兒

百金惠我亦云泰摯語溫言值萬金踐土傷亡至今日向人啼餓我何心人才盡之古無是儒術蕭條公可任小雅未忘交道美老民端不患夷侵

養疴厲樓苦雨吟眺

客病艱難不可說淫霖衰颯更堪聽樓居密密連雲黑燈火蕭

蕭向日青歌哭萬家聲闃寂飄搖獨樹影伶俜正愁風雨乾坤大蟻穴侯王夢未醒

題王莽傳後

不用軍齎水不濡一飛千里卻匈奴沈酣六籍猶能信何況胸中一字無

白石丹書拜自天寶黃廝赤分應然可憐一璽卷卷嫗仍肯悲吁漢臘邊

搏擊誰爲繞指柔恂恂只數博山侯儒生膽怯眞無奈誰見庭前滄海流

名都一日化爲塵忍死誰能作幸民朱弟張魚雖放曠差强不是槀街人

上海縣丞羅燿廷之母劉同治癸亥殉難徵詩

丞哉一歎意如何不爲沈淪感逝波四十年來萱草恨要將椽筆補山阿

由來阿母承家日關陝重重寇正狂提挈同懷攜弱息當時歸難極芬芳

吾宗實始揚彤管吾亦荆襄作志來授命多於文武士誰言巾幗少人才

孝子毋爲恨不鐫於今烈殉滿幽燕王師寇盜終無別何處恩綸降自天

讀王貢兩龔鮑傳而歎

漢家遂少山林逸不者窮愁未得之四皓荒唐無此物兩龔傲

睨欲何爲遊於世上眞無奈問我胸中亦不奇要覓君平一簾
地百錢誰向汝稽疑

漫興再成

鬢邊日耗兩三絲試以閒情澹蕩之入市觀人意色決臨觴述
事見聞歧黃雜白日淒迷慣鐵馬金戈徼幸爲要問古來興廢
際幾人富貴不流離

寄慰又僂喪子

患難交情罄意輸夜燈兒女共悲愉未堪愛子一朝死虛累老
翁終歲劬達識固當緣漆吏愁心不必動玄夫承家有美君何
患樹也宜爲軾轍徒

浮雲

浮雲西北是何鄉歌管樓臺浩莫望私淚向來寧我忍褊心今
日耐君狂布衣疏食爭微命厚地高天總一王徑欲沿江窺節
使幾人露次待嚴裝

舉少浦爲愛諗課子見其賓主酬唱而亦和焉

乍見保生懷袖稿一詩會合主賓初未因養士聊添債無奈生
兒且讀書辟地寧非覆巢外瞻天仍是戴盆餘侯官耿耿明忠
孝國恥終望爲掃除

晉珊遷官當去此吾州人買此者既惜其行此間姚子讓
張之舫益上書督府籲留之故爲循良詩再贈

世上萬般都有價更無善價買循良撐持十局羣謀共保抱蒸
黎獨念長白族喜心三握髮六街生事九迴腸時艱未泯公當

去徒苦吾人淚萬行

汗

一雨從容汗竟收歲華從此入深秋山河表裏塵初上天漢東西水不流白骨青苔淚纏繞黃金丹藥死追求拔山自古非容易尺二書中語盡頭

或傳摯父先生適冀州或曰渡海東矣苦憶成詩

離亂奚從問故交傳聞消息太喧呶桐鄉豈遂營生壙遼海安能避覆巢遊宴八年悲喜盡湛冥萬古死生拋嗟麟泣鳳皆虛語何物人間是愈郊

嘲吳彥復

蓬蒿鬱鬱豈能終枳棘榛榛所向窮一日歡然逢旅雁不知依

舊落蘆中

附輪往江西始發風雨大作船即播搖不可當

誰道兩輪風雨纏緣江試浪已狂顛長艙空廓腹無有前路漂搖心正懸小盜近人還作祟窮儒歷世總由天胥來略仿孩提意正得酣然一晌眠

客言舉匪頗竄匿吾州或曰富有黨也雖未遽信心竊憂之過蘆涇港因歸人寄弟友

風鶴流聞豈遽患安危從古在防閑獻儀九萬蓬沙似賓答三千草露閒障海從容失天險過江嗚咽念家山臨門不入胡為者匍匐陳辭未忍刪（余此行專為伯嚴遭父喪赴弔）

讀史二首

興無隄東方朔傳

興無隄東海之東西海西黃金白璧任汝攜遂極丹墀營櫝題目有所侈心神迷直戮麟鳳如犬雞任意撻伐羣皇低京師喧喧戰鼓聾倉皇萬乘親塗泥潸然淚下聞烏啼今我乃在臣民棲臣朔昧死言誠哉興無隄

功無原王莽傳

功無原身都將相不可言遂參宰衡貳至尊天下有急哀王孫生民死心戴厚坤何哉一日齊崩奔薄海內外傷心魂披髮大叫天無閽千齡萬代無茲冤方知彼媢子泛攬徒貪恩陳崇爾何知誠哉功無原

和愛滄贈洪蔭之詩三十七韻

閏八月北征杜甫以詩哭今我益飄微天南與馳逐江行一千里拚過未送目不忍喪亂餘見此承平福瀕行攜君詩愁來把之讀含靈必不安毋曰爾我獨生民固當哀賓旅義須睦方其達權時迂生拜且祝亦云行奮揚不耐坐頻顣久之寂無聞眼中換陵谷君側古所難當吾亦羞縮機有窮而生事有變之速大哉何生言一語轉坤軸劫遷吾皇者大小盡可戮提兵必元宰從驅盛羣牧轉輸屯荆襄灑掃待黃屋日出羣陰消雷聲四夷服胡然再不圖倉卒求歸宿嵯峨挾虎衞屑碎用雞卜恐其遂益災豈徒笑緣木羣公亦有言吾今誚管叔聖明豈在多著語定含蓄寧知薄海讎堂堂正心腹洪生亦有言吾今方削牘忖茲一箇臣纔無惜令僕激切當天心庶以救顛覆哀哉時已

過焉用再三瀆我語一君者凡今宜韞匱玄黃故未交純陰在初六天方晏且溫地有反乎覆亂繇十年數吾已計之熟大命如將傾挈家並沈陸不則備自全饘盡繼以粥商山無華芝空谷有修竹愼勿輕投軀彈珠向飛肉平生所經歷朗朗列圖幅不識京華門何從憂聾聵

九江遲船悵望伯嚴

壯日吟朋呼嘯處卻扶衰病又經過國聞家事皆抛擲離合悲歡一刹那雨不入江秋水淺樓剛出市夕陽多哀來獨眺西山友濡滯依然奈爾何

偶書車丞相王章亦無聊之極思

雪消冰解一言中貴壽從容報亦豐試看收威暴公子依然一

皇天老眼未全殊獨歎王章一眚無畢竟妻兒還郡日報之萬斛海南珠

芥斷西風

月食

月食不以朔日食不以望靑天何物來推求亮知狀漢儒好深思不應躡虛妄亦云帝皇貴庶獨天與抗女禍毋浸淫三公絕驕亢爲利苟若茲宜其百世尙茫茫大塊間重昏入迷障迄無堯舜明厥惟勢衰王何代無賤儒談多不必諒根鳳定無虞許班或深創安昌與博山酣然白頭相我昨窮呼天天言此其儻縮手終奈何百方祇惆悵

九江登舟照水有感是日齒痛尤劇

江水載船船載客公勞跋涉爾何人心神憔悴何論貌齒病浸注欲到脣卻飯不妨饑屢屢受風奚以嚏頻頻人間徹骨捐除昔念我惟應有一陳

出門所遇多京師問道流落不堪之人舟中連榻一人談尤痛

徑從海角揚帆過誰肯紆迴路幾千今日予身流落者多言閩道死傷邊豺狼異域紛當戶鸞鶴中朝盡化烟草莽微臣百不曉祇知昨日是堯天

鄱陽湖中感念昔日與內子同吟寫詩寄與益悲思外舅

湖山自明秀雲日儘從容惟有往來者如分今昔蹤人間屬喪亂母氏待飧饔撫此微吟會嗟無妙侶從皇天資老大白首與橫縱愴若翁之德千秋不再逢

臨入湖口眺望

蕩蕩秋天且散懷上窮湘漢下江淮愁聞詩料添猿鶴覓見人烟沒虎豺吾願一言過李息世無三疏問王涯西山卻有峙廬在安得湛冥百歲偕

抵章江門投詩張筱泉方伯

昔遊今狀舉難陳眉壽勳名屬世臣帶郭帆檣聲近市涉江絲管氣如春竟都近有巡方貴漢柱應須主計人篠蕩瑤瓚眼前事儻無餘暇更延賓

贈張篤生昆季

富平家世兩郎官只待鵬風萬里摶不意君門長荊棘更來子

含作芝蘭前時始識瞻史會記否高文瑜亮看老病摧傷百無似强顔一問過庭歡

讀嚴朱吾丘主父傳

嚴朱吾丘主父倫不求五鼎亦亡身可知避病空居者未算尋常行路人侮弄富兒裁自脫俳優公等太無因揚雄亦是傷心客何怪低頭鄭子眞

西山峙廬弔伯嚴悲思右銘姻伯作傷秋五首次韻杜甫

傷春

秋色已如此山光正爾濃天高有晴雨野僻祇豐凶江海烽千里京津寇萬重還虞孔道斷仍鈌尚方供客子言紓恨貞臣死釁咨誰將救時涸雲裏喚飛龍

鳳翮前時弱天南託一枝恩深與塗地殃重忽連池事往餘身在臣安念主危大波平地起雌霓亙天垂法斁羣强怒邦崩萬象離彌留深谷日泣聽轉透迤

大國誅奸綏兵來不合圍言從兩宮去坐失百年機帝已成奇貨軍猶擾近畿傳車紛送食持節復徵衣斑豹全身見蒼鷹老眼稀江潮日夜上令我亦無歸

不有英雄策何能權世貨一匡先管仲六國後蘇秦東縛悲天子顛連及貴嬪江河任東下車駕自西巡禍極生民日冤歸守土臣陳蕃至今在言語豈輕塵

麻衣相哭罷餘恨萬千多乍見郵中字還興室內戈望烏無止屋歎鳳有臨河惻惻履霜操淒淒薤露歌窮鄉得蔬米危塹倚

松蘿不死且須惜看看睡夢和

於人扇頭見乙未春州南閱練勇時所題雙柑斗酒二絕

回首當時已成盛世感而疊韻並存之

綠楊陰裏試搴旗立馬江風著意吹終是角聲悲入耳不如斗酒自聽鸝

問君識字何無患春至徜徉更不疑直去深村拚酩酊世間理亂本難知

八風面面繞靈旗甲士雲屯畫角吹只待蒼鷹向空闊不知深樹倚黃鸝

小方角觸已無效戰禱倉皇竟不疑莫辨諂臣有何術人間祕事總難知

崝廬旁有豺食數人矣

世間寧少汝向客口呀呀昔所生吞者知其無告耶壓荒山不綠雨至稻無芽復此那堪耐安排獵火遮

崝廬右銘先生歸隱處在其墓旁感而有述

昔我勛卿處喪亂一椽自署墓旁人嘗記小時上邱隴聞之曠野泣忠臣今來壓檮已千古留與荒山作四鄰隔代茫洋蕭瑟意貫穿吾欲勒貞珉

望西山

長啼淚亦乾殘日望西山蓊鬱是何景怪奇殊未嫻龍螭交壓伏彝鼎雨斑斕作者揚劉氣宗臣馬范顏雲霞斷烘託谿谷忘躋攀遂與天微異應趨海不還茫然下弦月何以照人寰

寫西山色

只道青山青不極寧知勝賞欲無窮丹華杳與晴曦濫紫氣沈爲暮靄隆雨晦更成純白體月明如入太玄中閒時亦作籠煙態遲日樓臺澹澹風

既作孝媞墓碣遂登前山觀所謂趙家塘者

峙廬所屏蔽摺疊萬峯齊試上前坡望方知近者低晴風與迴合細草任攀躋路轉風能聚塘分雨可犁誠然舉目快莫奈我心悽一撮黃封處將爲兒女棲

晤前護陝西巡撫李香緣示以請建陪都一疏頗自惜其言之不用也

陪都一疏倘無留車駕西行百不憂墨經出門心未已素冠相對淚橫流文章冀士悲揚馬鉤黨紛綸痛李牛安得從容待君起多爲陝治發棠謳

晤徐次德以昔所爲方影圖索題蓋皆效余去影圖而屬馮君小白畫者甲午之役余薦小白襄衛汝成軍事遂去不復返而戲爲鬬影圖之閒伯亦死四年矣發圖感絕援筆遂成

昔我聊爲去影圖姚氏因之作鬬影馮生異日至天津徐君復以斯圖請爲方爲鬬亦何勞吾今一任去滔滔流連杯斝青陽盡彌望郊原白骨高馮生莫知死何處姚氏硯墨歸兒曹人間七年愈何世重在章江把君袂情話雍容足散懷圖書一發紛流涕誰歟棒佛放悲音惟有去來無見今權時把玩渾無術獨

抱涼涼萬古心

次德以椒丈歸盧譚往見示戲題二絕

王侯歷抵不知年頭上腰間並鈌然莫笑寶山空手反譚餘君看腹便便

臺諫紛綸巷議多誰從此老細研摩平生亦有胸中塊欲吐深愁起大波

贈摯甫先生之兄子長文

世路雖云百倍難相逢忍作主賓看果然尚守吳公舊居此猶憐范叔寒别後諒能崇至教亂來何處著微官僧房數米從今始歧路相拋老淚彈

閱女壻陳師曾諸近作至其畫菊為吾女遺照而題四詩

潸然有述

譬汝詩文至悼亡人間無有此情傷徒緣罔極呼天痛更為同懷引恨長（鈿妹之早逝更痛於菊兒）遂以鴻毛淪我愛不圖麟角為茲狂秋心不與穠春謝從此東籬歲歲芳

因感傷鈿妹作一詩以自警

平生痛絕無言處過後遺亡行路同不若平心就中制勤勤毋以情成空

師曾之友蔡公湛感慨時事屏棄舉業投詩問學於我次二首以答極道傷心之語不敢欺敝少年也

遊入屈伏屋廬底高閣滕王不敢瞻苦憶中原就塗炭賣聞後輩有沈潛鯨吞鼉作君無異虎嘯龍吟氣正嚴要識吾人真猥

獾甫能卽事下鍼砭

文章韻事終無讓何況昌黎與子瞻卻有一番釐訂在不教萬智此中潛明明絲粟童而習赫赫尊彝性所嚴要與窮觀百年後儒生劇病始能砭

九日

登高望遠昉何年而我於今足不前節遽祇堪偕送日蓬飛無力再浮天思親可但滄江上憶弟甯徒靑岱邊徧把神州曀烟莽擁衾猶覺淚如泉

有人招登高飲宴不赴

九九定爲何等節三三五五一般能盛時觴詠多如此末世干戈見未曾早計不逢新建伯前遊翻憶大顛僧前年廣州重九登白雲山與能仁僧久談東南盡付昏庸手約束雖堅禍恐仍

浙西徐氏校刻

別張篤生江子嘉

頻因弔問添遊覽還以亂離成合并元伯故人知我者文通薄宦可憐生江湖片壤猶能國風雨重陽欲滿城但可勤襄父兄處勿於慣客惜勞征南昌令江雲卿子嘉兄也

奴述

螗螂車轍蜉蝣樹萬古應無一倖存笑爾深心欲撓我千回百轉實人言

敬題婁賢妃所書屏翰二字藩署故寧王府也字在門楣

婁妃不與寧王逝大字輝輝在戟門想見扶攜宮婢日暗思採擷聖人言於今朱氏無炊火何處靑天著墨痕女德萬年看不

屐撫膺百感淚渾渾

贈羅邠峴

纔從别傳徵先德復以來賓見此奇不作波瀾寫聲勢一襟如海少人知

祇以吾甥君外甥同舟相泛若爲情等閒鷗鷺成鉤黨何處天涯求友聲

吾弟昔從君弟遊廬山詩句各清遒今朝兩老推篷望五老平添一段愁

迎面蕭條正北風憐渠瘦影月明中孫郎帳下誰奇雅王粲西來遇亦窮

伯嚴卒哭同行舟中有贈

憐君似我無根蒂仍向江山淚眼開雲物徒供一身老干戈更殺百年哀蓬風捲髮垂垂盡蠟炬燒心寸寸灰作述從容要三世臏容泣導後生來

范伯子詩集卷第十四